洞爺丸追憶

横山北斗

津軽書房

はじめに

一九五四年九月二六日。

この日、函館港を台風15号が襲い、青函連絡船洞爺丸が沈没。タイタニック号と並ぶ、海難史上最大の惨事となった。

本書は、船長の近藤平市が如何なる判断のもとに出航し、逡巡し決断して、沈んでいったのか、来年で七十年という節目をまえに、その全容を近藤船長に、天国から語ってもらおうとする試みである。

目次

洞爺丸追憶

一　予感

津軽海峡——この海は晴れていても青黒い。外洋に向かって開ける太平洋側のキラキラした青ではない。長年慣れ親しんだ景色。きょうは雨が降り、より一層黒い。この海を、「いったりきたりの人生」、それが、私だ。

「本日天気晴朗ナレドモ波高シ」。日本海海戦で打電されたこの一文。幼い頃から、幾度も胸を去来してきた。海で戦う男に憧れ、船の上で死のうと思った。

大戦中、大湊から東に向かう大輸送船団を、私は船上から見送った。アッツ島で玉砕したあの部隊の船出の様子は、生涯忘れることはできないだろう。

終戦後は、「七つの海」、この言葉に憧れた。いろんな国の、さまざまな情緒に触れ見聞を広める、それを生きがいにするのが男子の本懐だと思った。

だが、私はずっとここにいる。

生活のため、家族のために。と、夢を封印したのだ。――いや、本当は違うな。それは言い訳に過ぎない。自分がやらなかっただけだ――そこまでの器じゃなかったんだよ、私は。

横殴りの雨が、鉛色の海に消えていく。北海道と青森を往復する津軽海峡の渡守となって二十八年。五十四歳になる私、近藤平市は、遂に無事故のまま、来年には定年退職を迎えるという船長歴十三年の男だ。

一九五四年九月二六日（日）午前六時三〇分。

きょうもまた私は定刻通り、青森から函館へと青函連絡船を走らせる。気になるのは大型台風15号の接近だった。

波は高いが晴朗とは言えんな。本日の敵は台風か。

青森港を出航当初一五メートルだった風は、陸奥湾内の平舘沖で瞬間風速二〇メートルを記録していた。台風と呼ばれるのは、風速一七・二メートル以上。それを超えているのだ。青函連絡船は風速二五メートルで、テケミ（「テ」天候、「ケ」険悪、「ミ」出航見合わせ）となるが、それは出航段階での話。いったん海に出てしまえば、三〇メートルの風がきてもなんのその。

それに、きょう、私が操る青函連絡船は洞爺丸だ。一九四七年一一月就航の重量三千八百九十八トン。戦後直後の資材不足と設備破壊に悩まされながら、一億五千万円の巨費（大卒初任給六千円当時）を投じて建造された国有鉄道の貨客船であり、一九五〇年にはレーダー設備が追加され、四千三百三十七トンに拡大。青函連絡船の女王と呼ばれ、最新鋭の名を欲しいままにしてきた船だ。

青函連絡船は本州からはコメなどの生活物資を、北海道からは石炭など経済復興資源を輸送する唯一の交通手段であり、なかでも乗客定員千百三十六人を誇る洞爺丸は、本州と北海道を結ぶ経済の大動脈と呼べる存在だった。

天候不良などで数日間でも青函連絡船が止まれば、北海道の生活と経済は大打撃を喰らう。

だからこそ、この洞爺丸は、そこいらの青函連絡船とは違い、そう簡単に欠航するわけにいかんのだ。

私のことを「同じ場所を往復するだけの船乗りだ」と笑う人もいるかもしれない。

確かに、外洋を航海するのが「船乗り」だと言われれば、船乗りとしては、一人前ではない。だが、北海道と本州の流通の大動脈として、戦後の経済復興の一端を担ってきた。道民の生活を支えるという、重責を果たしてきたのだ。その矜持を胸に、船乗り人生を終える――それで、じゅうぶんだろう。

吸いかけたタバコの灰が落ちそうになってきたとき、

「船長」

声をかけてきたのは山田友二セカンドオフィサー（二等航海士）だった。彼は、

「四国はかなりやられたようです。こっちも直撃されるかもしれません。台風は現在……」と、言いかけて、はっとして口をつぐんだ。

私に天候情報を伝えてどうするのだ。山田は私のそんな表情を見てとったのだろう。

そう、私のニックネームは、「天気図」。私がサードオフィサー（三等航海士）であった頃からのものだ。天候を読み解く力において、私に進言できる者などいない。

「すみません、台風が大型なので、影響が気になったものですから」

「うん、そうだな。それじゃあ、ちょっと失礼するよ」

こう言って、タバコを消すと私は船長室へと向かった。

ラジオニュースの台風情報を聞きにいくためだ。聞いたところで、それを鵜呑みにするわけではない。ニュースはあくまで参考の一つ。私の頭のなかには、経験を武器に、より詳細な台風の進路が描かれていく。その精度はＪＭＣ（船舶気象無線情報）の上をいく。乗務員は皆、私を頼もしいと思ってくれていることだろう。

さて、まずは。と……ニュースに従い、台風の現在地を天気図に記してみるか。

趣味と言っては変だが、天気図を書くのが昔から本当に好きだった。できたものは誰かに見せたくなる。

誇らしげな気持ちで、先輩たちに見せて回った。先輩に「航海の判断材料にお使いくださいい」なんて本音を言えるはずもなかったが、「当たっていたな」と、褒められることが純粋に嬉しかった。

いま思えば、生意気な奴だ。俺に意見するつもりか。と、よく言われずに済んだものだ。先輩たちも、未熟な部下の趣味にしばしつき合ってやるか程度の感覚だったんだろう。

それがいつの間にか、船長もチーフオフィサー（一等航海士）も、私の天気図を頼りに運航計画を立てるようになっていた。私が出世できたのも、全くもってこの天気図のおかげだ。そう言えるだろう。

大した問題もなくやってこれたが、船長になってからは、そうだな……天気だけでなく、何においても相談できる相手がいないことが悩みと言えば悩みだった。一隻の船を動かす権利と責任を負う頂点ゆえの孤独というやつか。しかし、その孤独は勲章に匹敵することだ。

きょうもまた、私は自然の猛威に勝ってみせる。こう自信に満ちてうなずく。が、こうやって船長として天気を読み解くのも、あとなん回できるだろう、と思うと……少し、そう、少しだけ寂しいもんだな。

一一時五分。

私は洞爺丸をほぼ定刻通りに函館第一桟橋に到着させた。帰りの便は、午後二時四〇分になる。

さて、昼食を済ませるとするか。ん？

私はふと足を止めた。乗客のざわめきが聞こえてくる、そのなかに、

「14号は進路を大きく変えた。12号は腰砕けになった。でもマリーは間違いなくやってくる」

物知り顔に、こんなことを言う青年がいたのだ。

マリーとは、台風15号のことだ。北大西洋で発生した台風にアルファベット順に女性の名をつけて呼ぶのは、在日米軍の方式である。

「どうして」と青年の友人らしき者が訊ねると、

「一週間まえの新聞に出ていたからね」

「きょう、台風がくると書いてあったのか？」

「そんなわけないだろ。気象台の発表だよ。14号で今年の大型台風は終わりだそうだ。だからマリーは必ずくる。船は出ないね」

台風事情にそこそこ知識のある青年が、たびたび外れる天気予報を皮肉ってこんなことを言ったのだろう。

困ったものだ。中途半端な知識ほど厄介なものはない。台風が発生していることは分かっていても、それが北海道に向かってくるとか、どういった影響が出るとか、知ったかぶりをするのは止めてもらいたい。

乗客の命を預かる立場にある者にとって、こういう客は実に迷惑極まりない存在だ。定員六百五十五の畳敷きの三等雑居室においては、余計な一言があっという間に総員に伝わり、パニックの引き金になり得る。

迷惑なのはこの青年だけではない。この日の乗客のなかには、もっと厄介なのがいた。

「直撃？　欠航？　それは困る。私は泳いでも渡らにゃならんのだ。しかし、それでは列車の乗り継ぎには間に合わんな」

語気強く言い放つ男をみとめ、私は思わず顔をしかめた。

あいつは確か、国会議員の……。

名前は思い出せんが、こいつのとんでもない逸話は有名過ぎるぞ。

連絡船への乗り継ぎ列車のなかで起きたことだ。もう少しで着くというところで、雪で立ち往生した。青森では雪が降っても列車は普通に走る。除排雪の体制が整っているからだ。雪国ではそうでなければ生活は成り立たない。だから雪で列車が動かなくなるというのは、かなり危険な状態におかれているということなのだが。

「なんで停まっているんだっ。早く出せ。停まっている理由はなんだ⁈」

周囲に聞こえる大声で、この男、車掌を怒鳴りつけたという。

理由も何もないだろう。見れば分かることだ。窓の外を見てみろ。大雪でまえに進めないから停まっているのだ。

「お急ぎのところ誠に申し訳ありません。除雪作業を待たねばなりませんし、この状況では雪の重みで線路に木が倒れてくる危険もあります。しばらく様子を見ませんと」

相手は国会議員だ。常より一層、平身低頭する車掌の説明にも、

「様子を見ているうちに木が倒れてきたらどうするんだ」と、言い放ちやがった。

普段なら誰も文句など言わない。しかし、誰かが口火を切れば別だ。まして、おエライ先生のお言葉だから、周囲の乗客もつい調子に乗ってしまう。

次々と、

「いま倒れてないならいいけ」、「この程度の雪なら大丈夫だよ」、「このまま一夜を明かすつ

もりか。だったら飯ぐらい用意しろ」、「土産が腐っちまうだろうが。早く出発しろっ」。船であれ、列車であれ、乗った以上は出発してもらいたいという気になるし、出発すれば今度は定時に着くことを求めるのが人情だ。そして、自分が事故に遭うとは思いもしない。

私は深くため息をついた。ああ、そうだった、思い出した。こいつの「武勇伝」は、ほかにもあった。

かつて列車に乗り遅れたとき、今度は怒鳴るのではなく、嫌味たっぷりのネチネチした口調で、

「遅れると連絡を入れましたよねぇ。なんで待っていてくれなかったんですか。地元で支援者が待っているんですよ。どう責任をとってくれるんですかねぇ」

上野駅の一室で応対した駅長が、「そう言われましても、三〇分以上遅れますと、乗り継ぎのお客様にご迷惑がかかることになりますので……」と言うと、

「私は、たかだか一〇分遅れただけですよねぇ」と言ってくる。

「は？　いえ、一〇分ではありません。先生は四〇分遅れてこられましたので……」

「おやぁ？　たったいま、迷惑になるのは三〇分以上の遅れだと言いましたよねぇ。だったら私は一〇分しか遅れていないじゃないですか」

もの凄い引き算である。どういう脳の回路をしているのだろう。と、車掌が呆れて言葉を失うと、更に、

「三〇分までは待つというのが、国鉄の、決・ま・り、なんですね」といやらしく問うた。

これに駅長が、「いや、決まりではありませんが、国会議員の先生がお乗りになるときは、いろいろお世話になっておりますから、それくらいまでは便宜を図るようにしております」などと言ってしまったものだから、後々もっと面倒なことになった。

この議員、翌週から、きっちり三〇分遅れで列車に乗り込むようになったのだ。それが三週続いたらしい。

国鉄の我慢もさすがに限界となって、所属政党に内々に抗議。先輩議員からたしなめられることで、こいつの嫌がらせは終わったというが……。

台風が近づいているというのに、よりによって、こんな奴が乗ってくるとは。などと思っていると、更に、もう一人。ヒゲをたくわえた身なりのいい男が現れた。

たまたま知り合った乗客の一人を話し相手に、

「札幌ではラーメンを売り出し中だそうですね。だったら醤油じゃなくて、味噌味で作ってみたらいかがですか。何か特徴がないと名物にはなりませんよ」

札幌では数年まえからラーメン横丁と称される名店街ができて、全国的にも結構な話題になっていた。そこでのスープの主流は豚骨醤油味だった。

なるほど、味噌ラーメンね。面白い発想だな。ありかもな。そう思って話の続きを聞いていると、ヒゲの男は、

「私は佐渡で味噌会社を営んでおりまして。販路拡大のため北海道まできて、きょうはその帰りなんですよ。この連絡船に乗り、乗り継ぎ列車に乗り、新潟に着くのは翌朝になります。そしたらまた船に乗って佐渡まで帰ります」

「船に二回も。それは大変ですね」

疲れるでしょう。と、相手が気遣うと、

「たいしたことありませんよ。たらい舟で渡る人もいるぐらいですから。客船なら余裕、余裕。台風がきたって運行します。沈んだことなんか一度も、ない。怖いのはクジラだけ

です」

ご冗談を。という表情になると、

「ホント、ホント。全部、本当の話です。怖いのは巨大海洋生物との衝突だけ。佐渡の船は嵐も津波も全く問題にしません」

笑うしかない。クジラの話は嘘のようで本当だが、たらい舟の話は、何かの物語か、佐渡の言い伝えだったような……それに佐渡航路ではせいぜい二〇メートルの風で欠航だ。こんな大嘘つきも乗ってくるのか。やれやれ、困ったもんだ。

かつて甚大な被害をもたらした室戸台風（一九三四年死者行方不明者三千人）と、枕崎台風（一九四五年死者行方不明者三千五百人）は、どちらもいまぐらいの時期に発生している。死者行方不明者五千人の伊勢湾台風は一九五九年の九月二六日であった。九月の台風は要警戒なのだ。

もちろん、それにやられるような私ではない。だが、こんな奴らが洞爺丸のなかで無茶を言って暴れ始めたら面倒だ。これから台風情報を分析し、重大な決断をしなければならないというのに……嫌な予感がする。

二　分析

「台風15号は、きょう夕方には、青森県北部から北海道に達する見込みです」

正午のラジオニュースは、こう伝えていた。

中央気象台の一一時三〇分の発表によると、台風15号は山陰地方の沖合にあって、最大風速三五メートル、半径四〇〇キロ以内の海上は二〇メートル以上の暴風雨であり、毎時一一〇キロの速さで北東に進んでいるという。

上陸後、勢力が衰えず速度が非常に速いことが特徴であり、東北、北海道ではじゅうぶんな警戒が必要であるとのこと。

確かに、こんなに速い台風は初めてだ。

私はこうつぶやきながらも、ある種の高揚感を覚えていた。

手応えのある敵だ。さあどうするか。

先月発生した台風5号のときは大変だった。中央気象台と大阪気象台とで台風の上陸予想時間が違っていたんだ。まあ、そういうこともよくあるんだが、問題はそれがどう伝わるかだ。地方の気象台が勝手に台風情報を発表することはできない。総ての要素は中央気象台に収集され、そこで唯一の見解が出され、それが地方の気象台へと送られる。そのうえで地方の気象台は、地域ごとの特殊性を踏まえ、限られた範囲でのみ気象注意報を発令する。これが決まりなんだが、ひとたび発表してしまえば、あとは報道機関の扱いによって情報が独り歩きしてしまう。

台風情報の発表の仕組みなんて、誰も知っちゃいないから、予報が二つ出てしまえば、混乱するしかない。憶測と思い込みで不穏な噂が立つ。だからニュースで判断されてはかなわないんだ。航海の安全を保障するのは、私の描く天気図以外にない。――声を大にして、そう叫びたいよ。

さて、その天気図だが……分析を急がねばならんな。

台風が一一〇キロで進んでくれば、津軽海峡に到達するのは四時三〇分頃か。函館―青森間は一一三キロメートルで所要時間は四時間四〇分。洞爺丸は二時四〇分発だから、まさに津軽海峡で台風と出くわす。

うーん……いや、それでもいける。

……そうだ。迷うな、いける。

絶対にいける。大丈夫だ。台風とぶつかるのは入り口じゃない。ほとんど出口じゃないか。下北半島と津軽半島に挟まれた平舘海峡は目のまえだ。平舘海峡を抜けて陸奥湾に入ってしまえば、両半島が風を防御する役割を果たしてくれる。

私は不安を払拭するために、なん度も頭のなかで思い描いてみた。

そうだ。ほんのわずか頑張るだけでいい。懸念される要素は、敵が一一〇キロという驚異的な速さでここまできたならば、という話だ。台風は北上に伴いスピードを上げてくるからな。ただ、今度ばかりは違うんじゃないか。経験上、あり得ない。そう、やはり何も心配いらない。

こう判断した直後の一二時四〇分。

無線連絡が入った。青森に向け出航していた三千トン級の貨物船渡島丸からである。

「本船、津軽海峡に入ったところで東からの風を受け、風速二五メートル、波八、動揺二二度で難航中」

風速二五メートルはテケミ（出航見合わせ）の強さである。波八は波の高さが九〜一四メートルを意味し、ランク的には九より上はない。動揺も二〇を超えると、立ってはいられない。そもそも、海上から無線連絡が入ること自体、渡島丸が相当緊迫した状態にあることの表れだった。

それでも、私は意に介さなかった。

ちょっと大げさじゃないか。何も台風に限ったことじゃないだろう。海上で暴風に見舞われることはよくあることさ。難航はしても、渡島丸は無事、青森に着くだろう。それに、この船は渡島丸よりずっと大きい。

大丈夫、心配ご無用だよと、思った矢先。

一時五三分。

運行指令室（運行状況や機器動作の監視を業務とする）より指示が入った。第十一青函丸の乗客を洞爺丸に移乗させろと言う。

第十一青函丸は進駐軍船と呼ばれていた。本来は貨物船なのだが、二等、三等クラスの船室があったので、在日米軍とその家族が特別に利用しており、このときも六十人近くが乗っていた。きょうで日本駐在のお役目が終わり。千歳から東京へ。明日二七日には空路帰国する予定だという。

ところが一時二〇分に出航した三〇分後、津軽海峡に入ろうとしたところで二〇メートルを超える強風に船体を大きく揺さぶられ、これは危ないと、引き返してくるという。

ちっ、正直、面倒な話だと思った。

とは言え第十一青函丸は三千トン級の船だが、渡島丸と比べれば性能に劣る旧式の船だ。渡島丸が難航中だから、ここは引き返すほうが無難だ。と、船長は判断したんだろう。

まあ仕方ないか。

いったん船出したのに戻る。船長としては恥ずかしい話だ。それでも、そう決断したのだ。乗客の命を預かる者として賢明な判断をしたと考えてやらなくてはならん。

ただ、そんなことができるのも、この洞爺丸があればこそだ。それだけの信頼がこの船と私に寄せられている。ますます欠航するわけにはいかなくなったな。

そう思って進駐軍の移乗を承諾したのだが……。

いっこうに戻ってくる気配がない。何をしているのか。ああイライラする。

落ち着こうとタバコに火をつけた瞬間、

「キャプテン（船長）、ちょっといいかい」

函館局海務課長（配船や運航を監督する）の川上静江であった。いまは管理職の立場にあるが、以前は青函連絡船の船長をしていた男である。

走ってきたのだろう。少し息を切らしながら、

「渡島丸だけじゃない。青森からこっちに向かっている大雪丸からも、ほぼ同じ情報が入ってきた。風速二〇メートル以上、波高しということだ。どうする」

どうするって。どういう意味だよ。出航するに決まっているだろう。渡島丸も大雪丸も到着は遅れるが、引き返すわけではあるまい。函館第一桟橋では、もう改札もはじまっている。大雪丸は洞爺丸のあとに建造された、ほぼ同型の船なんだ。それがこちらに着けば、乗客はどう思う。洞爺丸が同じ海を渡っていけないはずはないということになるじゃないか。

しかし、海上は刻々と変化している。第十一青函丸には早く戻ってきてもらわないと困る。

「どれくらいで移乗が終わるだろうか」

「……到着の予定は二時四〇分ということだ」

なんだって。二時四〇分？　ふざけんな。洞爺丸の出航時刻じゃないか。それから乗り換えるわけだから、更に時間がかかる。タイミングを逸してしまう。

「これだけ海が荒れてると、スピードを上げて出発の遅れを取り戻そうとしても二〇分が限界だ。さっさと移乗してもらわないと困る」

これに川上は何も答えず、不機嫌そうに船長室を出ていった。

そりゃあ、そうなるわな。彼は私に出航するかどうかを訊ねてきたのだ。それをハナから相手にせず、あんな物言いをしては気分を害するのも当然だろう。

だが、出航か。欠航か。それを決めるのは、あくまで船長なんだ。船員法第十一条には、「船長は旅客の乗込みの時から上陸の時まで、自己の指揮する船舶を去ってはならない」とある。最後の一人になっても船を守る。この義務の大きさがあるから、船長には絶対的な権限が与えられている。だから元船長だろうが、いまは管理職だろうが、そんなことは関係ない。川上は私に口出しできない。相談してくること自体が間違いなんだよ。

深く吸い込んだ煙を吐いた。

しかし、まあ、気になるのは当然か。欠航になれば、乗客の怒りをなだめるのは陸にいる奴の仕事だからな。じつに損な役回りだ。私は最後まで船長でよかったよ。

第十一青函丸は、予定より更に八分遅れて二時四八分に到着した。

ボーイ（客案内）たちの動きが急に慌ただしくなった。何事だろう。

「申し訳ありません。お客さま。お部屋の移動をお願いします」

突然のことに、乗客も驚いている。「なんで？」、「どこに？」と騒ぎ出す。

「この船は進駐軍のお客様をお乗せすることになりました。椅子やベッドの準備がございます。どうかご協力をお願いいたします」

迷惑な話だ。そう言えば、ちょっとまえに青函連絡船の到着が遅れたとき、進駐軍鉄道事務所の幹部が船長を殴り倒したことがあったっけ。機関故障が原因だったのに、理由も聞かず、サボタージュだとぬかしやがった。

確かほかにも、なん年かまえにあったよなあ。石狩丸だったかな。船長が無理だというのに、悪天候のなか船出を強要されて、あんときは本当に危なかった。アメリカ兵たちもあやうく海の藻くずとなるところだった。それがなんとか助かったんで、その場ではずいぶんと感謝されたと聞いているが……。

さすがにこの天候だ。私に対して言いがかりをつけたりはしないだろうが……いや、どうだろうな、ロシアの脅威からおまえたちの国を守ってやってるのに、そのお役目を終えてやっと帰れるというのに、欠航だと？　きさまは船長失格だ。ってな具合になるかもしれない。やれやれ。

終戦から九年になるが、アメリカはいつもやりたい放題だ。特等席を譲れと言い出さなかっただけでもよしとするか。

三等椅子席から重たい荷物を背負って、気の毒な客たちが階段を降りていく。代わりに、奇声を発しながらアメリカ兵たちが乗り込んでくる。

本国に帰れる喜びを抑えきれないんだろうな、そうは思うものの、私は時計に目をやり、モタモタするんじゃねえよ。兵士だろう。もっと迅速に動けっ。と、心のなかで叫んだ。

移動にかかった時間は十二分。

いまジャスト三時だ。

出発の遅れは、取り戻せても二〇分が限界。

まさにその時刻になった。

一秒たりとも無駄にできない。

さあ、いくぞ。

ボーイが銅鑼の音を鳴らす。この名誉ある儀式は古参のボーイに託される仕事だ。

タラップが外された。

ところが……。

鳴らない。ブザーの音が聞こえない。

出港許可のブザーはどうした？　どうしたんだ。

そのとき、車両甲板（貨車置場）で更に面倒な作業が行われていた。積み込んである貨車を降ろし、進駐軍用の荷物車と寝台車に積み替えるのだという。

貨車を積む際には、その重みで船体が傾くため、タンク内に溜めた水を移動させて平衡を保ちながら一両ごとに緊締具を使って固定しなければならない。それを積み替えるとなると、かなり時間がかかる。

「そんなものを積んでいる時間はないっ！」

大声で怒鳴った。その声はあっという間に船尾にいる山田セカンドオフィサー（二等航海士）にまで伝わった。

山田は即座に対応してくれた。荷物車は既に積み込まれていたが、これからという寝台車のほうは積み込みを拒否したのだ。

よくやった山田。進駐軍どもは全くどういうつもりだ。図々しいにもほどがある。青森からの列車もベッドでなければ嫌だというのか。軍人だろう。野宿なんて慣れっこじゃないのか。ああ、そうか、きょうは愛しいオクサマも御一緒か。まあとにかく明日の飛行機に乗りたいなら、せんべい布団で我慢しろ。

これで移乗は完了した。

あとは車両甲板に架けられた橋を上げるだけ。

遅きに失した感はある。それでもなんとか、いまなら遅れを取り戻せる……と、思った

のだが、

「どうした。何をやってるんだ」。

今度はその橋が上がらないときた。

時間は三時一〇分。限界の時間をもう一〇分も過ぎている。

「どうしたっ。早く橋を上げろ！」

「駄目です。停電です」、操舵手からの報告だった。

「て、停電？」

血が頭に上った。バカやろう。こっちはギリギリの勝負をしているんだ。一秒たりとも無駄にできない。総て計算づくできたのに。要は進駐軍の移乗を承諾したのが間違いだったのだ。

運航指令室からの打診は、出航時刻の四七分まえだった。第十一青函丸は津軽海峡に入ったばかりのところから引き返してくるという。だったら定刻までには、じゅうぶん余裕がある。それが戻るのにもたつき、乗り換えにもたつき、三〇分も遅れた挙句、最後は停電だと？　――もう、これは「止めろ」という、何かのお告げに違いない。

怒りは頂点を超え、私は脱力感のもとに宣した。

「スタンバイ解除。本船テケミ（出航見合わせ）」

「はい。本船テケミ」操舵手は復唱し、船首にいるチーフオフィサー（一等航海士）、船尾にいる山田。そして栈橋にその意を伝えた。

はあ、と、タバコに手を伸ばしたそのとき、橋が動き始めた。

停電時間は二分。けれども、いったん下した指令をいまさら変えるのはどうしたものか……いや、もう、やる気が失せたよ。

三　船内

第一栈橋の拡声器から出航見合わせの放送が流される。

ご丁寧なことに、「お見送りの方は、どうぞお帰りください」とまで告げている。大きなお世話だと思うかもしれないが、これでいいのだ。

近づく別れに、テープを投げた者と、受けとった者とが、それぞれの思いを胸に涙している。互いが絵になる、いい場面なのに、こんな気まずくなる瞬間が待っていようとは。列車なら、いったん下車して、ホームか喫茶店で話もできようが、船ではどうにもならない。テープを握り合ったまま、さて、この展開をどう乗り切ろうかと考えてはみるが、けっきょく照れ隠しに笑いさえ出てしまう。

「どうぞお帰りください」、このアナウンスが救いとなって、見送りの者たちは強風のなかを、一人、また一人と桟橋をあとにしていく。

三時三〇分。

テケミから二〇分後。船内に残った乗客たちは悲惨な状態だった。揺れがひどく、岸壁にぶつかるたびに、更に不快な衝撃が乗客の身体を襲っていた。嘔吐する人が続出。さまざまな乗客がひしめき合っている三等雑居室ではバケツが回り始めていた。

「バケツなんか回されたら、かえって気分が悪くなるよ」

こんな声も、あちこちから聞こえる。

チリ紙で口を拭いながら、

「お母さん、だらしないね。ごめんね。ごめんね」。

まだ若そうだ。年齢は二十歳くらいだろうか。船酔いのせいなのか、やつれた顔をしている。彼女の腕には赤ちゃんが抱かれていた。

この母子は絶望のなかにいたのだった。一年まえ、彼女は働いていた飲食店で常連客に見初められ、夫婦同然の生活をするようになった。相手は北海道の新聞社の記者だった。妻はいたが、必ず別れるという言葉を信じて出産。幸せだった。だが、男性は転勤が終わると、「妻と話をつけてくる」と言ったきり。ほどなくして五万円（大卒初任給六千円当時）の入った現金封筒が送られてきた。

身寄りもなく途方に暮れた母親は、直接会って話を聞きたい。と、昨日の連絡船に乗って新聞社を訪ねるも、受付では彼女がくるのを想定していたかのように、「男性は退職し、行方も分からない」との返答しかもらえなかった。

絶望し、思いつめた。この子と一緒に海に身を投げよう。そう決めて帰りの連絡船に乗り込んだのだが、子どものほうは、ときおり無邪気な笑みをこぼしている。

「大丈夫ですか。しばらく私が抱いていましょうか」

優しく声をかけてくれた若い女性がいた。

「ありがとうございます」

礼を述べたあと、母親はこう思った。

親切な人だ。一人旅だろうか。はかなげだが綺麗な人だ。

「一人旅ですか」と、さり気なく訊ねると、

「はい。素敵な出会いを求めての」。

「そうですか。それは……」

母親は、うらやましいとは言えず、船酔いでこれ以上の会話は無理という態度を装った。

いいなあ。人生これからだもの、この人は。

だが、そう思わせた彼女の内ポケットには、結婚が実らず、「かなわぬ夢でした」と書かれた遺書があったのだ。

恋愛はいつだって本気で命がけ。別れたら次の人なんて、そんな軽い時代ではなかった。

世の中は絶望的な貧困に支配されたまま。ことに東北・北海道はまだまだ発展途上、そのあいだには深い絶望のような津軽海峡――この海はどれほど多くの自殺者を見てきたこと

か。

訳ありの客が乗船してくるのはいつものことだ。このまま欠航になったら、彼女たちはどうするのだろう。

こんな感傷に浸っていたときだ。

「これだけ立派な船が動けないはずがなかろう。私がいつも乗っている佐渡汽船の十倍はあるんだ。理由を訊きたい」

懸念したとおりだ。

昼食時、佐渡汽船のホラ話をしていた味噌会社の社長だ。名は村本。彼は洞爺丸に接続する急行列車に乗って、二時九分に函館に到着。そのまま洞爺丸に乗り込んだ一等船室の乗客であった。

出航延期が決まると、さっそく佐渡汽船を引き合いに出して文句を言い始めた。

それでも、一等船室のお客様は大切にしなければ。と、ボーイは、これ以上は無理というぐらいに頭を下げながら、

「誠に申し訳ありません。台風が近づいておりますので様子を見ております。お部屋にて、

しばらくお待ちいただきたく、どうかよろしくお願いいたします」。

だが、村本は、「君に訊いても仕方ない。船長から直接にご説明願いたい」ときやがった。

「は？　なんですって？」と、思わず声を出すボーイ。

船長に会わせろって？　何言ってんだ。あんた何様のつもりだよ。と、言いたくなる気持ちを抑えて、「船長はいま、国鉄幹部と対応を協議中であります」と、とっさに出まかせを言った。

「幹部？　なるほどそうか。確かに、それらしき御一行がいたが、あの連中が国鉄の幹部だったのか」

村本は、そうかそうかとうなずきながら、

「しかし、君。対応を協議するというのもおかしな話じゃないか。出航か否かの決定権は船長にあるんだろ」。

こう言って、一つ咳払いをすると、

「それだけではない。航海の準備が整ったときは、遅滞なく出航せよという決まりもあったはずだが、違うかね」。

その通り、よく分かっておいでだ。だが、決定権が船長にあるというのは、じつは船員法第十一条を拡大解釈した場合に成り立つ現場判断に過ぎないんだ。一方、第九条にある、準備が整いしだい船を出せというのは、これは経営側の論理だ。現場の判断を尊重するのか。会社としての採算を重視するのか。立場の違いで都合よく解釈されるのが法律というものだ。

ボーイはどう答えようかと少し迷った様子だったが、

「おっしゃる通りです。ずいぶんと事情にお詳しいのですね。お見それいたしました。それほどよくご存じのお客様でしたら、この状況における船長の立場をご理解いただけると思います。これ以上はどうかご勘弁ください」。

おいおい、ボーイ君、この状況における船長の立場って、いったいなんのことだ。そんなもん特にあるわけないだろう。経営者側の大人の事情と、乗客を慮る気持ちとの板挟みってことか。

ところが村本は、「お詳しい」などとおだてられ、「そんなもの知らん」では格好つかないので――「ふむ。確かに、それはそうだな。無理を言って、すまなかったね」と、知ったかぶりをして引き下がったのだ。

ボーイ君、お見事。乗客それぞれの心理までしっかりお見通しだ。さすが、さすが。客よりずっと賢くなければ、ボーイは務まらない。と、褒めたうえで言うが、実際、私はこのとき国鉄幹部と本当に協議中だったのだ。

「キャプテン、出航はなん時ぐらいになるのかね」

「いまは台風が過ぎるのを待つしかありません」

「それは分かっているが、東京で重要な会議がある。接続の列車に間に合わんようなら、明朝の急行切符も押さえておかねばならん」

すると、川上が口を挟んだ。

「会議に間に合うのは明朝の列車までですね」

「そうだ。朝の列車までだ。会議はその翌日だが、夕刻の列車では遅刻してしまう。まあ、それも仕方ないかな」

すかさず川上は、

「でしたら、飛行機の切符もとっておきますか。千歳まで戻ることになりますが」。

「おお、そうか、そうか、ありがとう。気が利くな」

川上のやろう。手際もいいが、ご機嫌取りも上手い。出世するわけだ。

って、そうじゃない。おまえら、勝手に話を進めるな。台風がいつ過ぎ去るのかを分析し、出航時間を決めるのは、この私だろう。仕事の邪魔だ。とっとと出ていけ。ああ、タバコが吸いたい。

こう心のなかで叫んでみたが、国鉄の幹部たちは、更に身勝手な会話で盛り上がっていった。

「出航が決まるまでのあいだはどうしますか」

「降りますか。ちょうどいま、乗務員用のタラップがかかったところです。カニでも食べながら、一杯やっていきましょう」

「そうだな。いや、降りたところでこのあたりでは、たいした酒はないだろう。じつは結構なウイスキーが手に入ったんだよ」

「それはいいですね。相乗効果があります。豪華な客船に揺られながら酔い、高価なウイスキーにも酔って。そうなると、あとは、酒の肴ですかね」

「それならカニだけ買って、また戻ってくるとするか」

なんて勝手な奴らだ。洞爺丸はテケミで岸壁にいるんだぞ。それなのにカニを買いにいくだと？　ルールも知らないのか。こんな会話を、ほかの乗客に聞かれでもしたら国鉄の恥だ。この状況で乗客を降ろすとすれば、それは沖出しするときしかない。入港してくる船に場所を譲るため、沖出しして投錨し待機するという場合にだけ、そのまえに乗客を降ろすというのが決まりなんだ。

テケミの洞爺丸はいつでも出航できる態勢にあるんだから、乗客を乗り降りさせるわけにはいかない。たとえ国鉄幹部といえども、乗客の一人であることに変わりはないだろう。下船は許されません。この船はすぐにでも出航できる状態にあるんです。と、よっぽど言おうかと思ったとき、

「いや、ウイスキーにカニは合わんだろう」。

「じゃあ、なんにしますか」

「せんべいがいいな」

「それなら船内にたくさんありますよ。売るほどにね」

売るほどにある？　ただでもらうつもりか？　ちゃんと買って食え。せんべいは青函連絡船で一番の人気商品なんだ。全く何しにここにきたんだ、コイツらは。せんべいならウイスキーに合うという感覚もよく分からん。まあ、船内にとどまるというだけでもよしとするか。

引き揚げる国鉄幹部たちに軽く一礼し、さあ改めて天気図を書くか。と、タバコに手を伸ばし、気持ちを切り替えたときだった。

今度は運行指令室から連絡が入った。

「洞爺丸。沖出しをお願いします。大雪丸が現在、港外にて沖泊りしています。大雪丸の乗客を降ろしたいので沖出ししてください」

はぁ？　何を言ってるんだ。と、再び頭に血が上った。

沖出しするということは、この船の乗客をいったん降ろすということだ。たったいまのいままで、幹部連中の好き勝手な発言に腹を立てていた私に、よりによって、そんな指令を出すのか。

「断る。本船は着岸のまま待機する！」と、つい強い口調になる。

運行指令室も圧倒されたのか、ただ「了解」とだけ応えてきた。

実際、客を降ろすのも、それはそれで大変なことだ。競って自分の居場所を確保した三等雑居室の乗客にしてみれば、「なんだよ、せっかく」という気になる。それに下船後に居心地のいい待機場所があるわけでもない。そうなると、地上の職員たちは苦情の嵐に耐えなければならない。そのことを考えれば、沖出し拒否は正解だ。職員たちのホッとした顔が目に浮かぶよ。

だが、しかし……そう、そうだよ。いま思えば、乗客を降ろすことができたのは、このときが最初で最後の機会だった……。

アメリカ兵を乗せてしまった以上、出航しないと何をされるか分かったもんじゃない。それに問題児の国会議員もいやがる。国鉄幹部連中のバカ話にも腹が立っていた。諸事情はあったんだが……。

四　情報

三時四五分。

ニュースによれば、台風15号は最大風速三五メートル、一一〇キロの猛スピードを維持しながら北上を続け、中心から三〇〇キロ以内では二〇メートルの暴風雨だという。強さもそうだが、何より考えられない速さだ。

そんななか、三等雑居室でも、恐れていたことが起こりつつあった。

「アメリカ兵が甲板で騒いでいるよ」

「早く船を出せって?」

「違う。違う。高波を見て大喜びしてるんだ」

「喜んでる?　こっちは気分が悪くなってんのに。体の作りというか、鍛え方が違うんだろうか」

「さあね。それより間もなく出航になるぞ」

「えっ。こんなに揺れてるのに」

「晴れ間が見えたんだよ。本州方面は晴れてきたみたいだ」

これを聞いた周囲の乗客がいっせいに二人を見る。

それはそうだろう。何かいい情報はないかと、皆が思っていたところだ。三等雑居室は椅子室から移動させられた乗客も加わり、すし詰め状態で揺れに耐えるのも、もはや限界。そこに吉報が入ったのである。

「出航するみたいだ」、「青森のほうは晴れたそうだ」、「出航が決まった」、「それはよかった」。

こんな感じで、雑居室六百五十五人のあいだにデタラメな出航情報が共有されていく。発信源は台風マリーの話をしていた二人の青年だ。学生なんだろうな、何処だろう。北大か、あるいは学芸大（現北海道教育大学）だろうか。したり顔で、「船は出ないね」とか言ってたくせに。

「あとどれくらいで出るだろうか」

「ここから青森までは、なんキロ?」

「一一〇キロ」

「だったら台風は一一〇キロのスピードでこっちに向かってくるんだから、ちょうど一時間後じゃないか」

おいおい、そんな計算はないだろう。暴風圏ってもんがあるんだ。三〇〇キロ以内が風速二〇メートルだから、一時間後ってわけにはいかないさ。

だが、あと一時間も我慢すればいいとなったとたん、さっきまで船酔いで真っ青な顔をしていた者までが、

「よし、それなら出発時刻はなん時なん分か。俺は五時四五分だ。三百円でどうだ」。

賭け事に興じ始めた。

まあ、気がまぎれるならそのほうがいい。どうぞ勝手にやっててくれ。


三時五九分。

函館海洋気象台の台風情報が、北海道全域に流された。

「台風15号は、夕刻までには渡島半島に上陸するか、または極めて接近して通り、今夜半

までにはオホーツク海方面に去る可能性が強くなりました」

私は天気図を見ながら、結果的にはテケミ（出航見合わせ）にしてよかった。と、このときは思った。

だが、それにしても台風情報というやつはいい加減なもんだな。これでは台風の進路も到達時間も分からんじゃないか。と、怒りたいところだが、私には分かってしまうんだな、これが。間違いない。台風は直撃する。もちろん勢力を弱めたうえでだ。

台風の速度が一一〇キロと聞いたときはその速さに驚いたが、天気図とあだ名される私でさえ読めないほどに、実際にはもっと速いスピードでやってきたというわけだ。

もし、二時四〇分の定刻通りに船を出していたらどうなっていただろう。台風の脅威にさらされる時間が、覚悟していたより更に二〇分、いやもっと長くなっていたはずだ。あの二分の停電がなかったら、大変なことになっていたかもしれない。

やはり神からのお告げであったらしいな、あれは。

さて、ではどうするかだ。台風がここにくるのは、早ければ四時四五分というところか。それから二時間ぐらいは風が吹き続けると考えて……いや、そんなに長くはないな。六時三〇分には出発できるんじゃないか。

だとすると、沖出ししなくて正解だった。どれだけ出発が遅くなったか分かったもんじゃない。きょうは止めた。と、帰ってしまう客が出るのは仕方ないが、面倒なのは新たにくる客たちだ。本来ならこの船に乗れないところ、出航が遅れたんで、それじゃあこれに乗っていこうか、という客が結構いる。そうなると列車のように飛び乗れるわけじゃないから、改札に時間がかかる。乗客名簿を作成するため、名前を書いてもらうだけでも手間だしな。

まあ、テケミにしても沖出しにしても、私の判断に誤りはなかったということだ。もちろん運もあるさ。しかし、運も実力だよ。まずは停電。雨風が強い日は、こちらでは毎度のようにあちこちで停電が起きる。それがタイミングよく、出航時間に合わせて起きた。まさしく神様のおかげだ。沖出しを拒否したのは……そうだなあ、図々しい国鉄幹部のおかげかなあ。まあ、あいつらに感謝の必要はないがね。

計算通りなら台風が去ってから三〇分後、五時一五分くらいには最終判断するとしよう。それまで一服。タバコに火をつけ、深々と吸い込んだ。

四時一五分。

それにしてもボーイさんたちは大変だなあ。

三等雑居室では出航が決まったかのごとく乗客たちが騒いでいる。

ボーイをつかまえて、「出航は二時間後ぐらいですか」と訊ねている。

「出航するかどうか、まだ様子見の状態です」

「えっ？　出航するんじゃないんですか」

「いや、台風が迫っておりますし、まだそんなこと決まっておりませんが」

すると、今度はたちまちのうちに、「台風が直撃するって？」、「出発は嘘だって？」、「欠航が決まったのか？」と騒ぎ出す。

「欠航ではありません。この船は出航に向け待機している状態です」

「だったら、あとどれくらいで出るんだ」

「それはまだなんとも。状況が分かり次第お知らせいたします。いましばらくお待ちください」

煮え切らない返事に乗客の一人が、

「取引相手を青森港に待たせてあるんだ。商談が失敗したら、どうしてくれるんだ」。こういうことを言う奴は、常にいる。

ボーイは冷静に応えた。

「青森からこちらに向かう船も、現在は出航を見合わせております。ですから港にいらっしゃるその方も、船を出せない状況にあることはじゅうぶん理解されていると思いますよ」

改めて言う。さすがである。ボーイは白い制服をビシッと決め、見た目にも強そうで格好よく、三等雑居室乗客の暴徒化をしっかり制御してくれている。

だが、それももう限界だろう。機関故障で修理に時間がかかっているというのなら仕方ないが、船酔いに耐えながらの出航待ちだ。状況が全然違う。

誰かが言った。

「いっそのこと出てしまえばいいんだよ。動けるようになれば、波や風に順応するさ。船って、そういうもんだろ。鎖につながれてるから、波風をもろに受け、激しく揺られるんだよ」

おいおい、なんてことを言い出すんだ。おもちゃの帆掛け船じゃあるまいし。

そう思いながら、一等船室のほうを見ると、ついにきたか。村本である。

「船長と国鉄幹部の協議はどうなったんだ。あれから四五分が経つ。いつまでこんな状態で待たせるつもりだ」

「引き続き様子見の状態です」と、ボーイ。

「なんだと？　四五分も協議して何も変わらんというのか。そんないい加減な話があるかっ」

村本が大声で怒鳴りつけたときだ。

何事か。と、別の部屋から一人の男が顔を出した。

それに気づいた村本は、

「これは、これは、国会議員の平田先生じゃありませんか」

ああ、そんな名前だったな、こいつ。

私はこいつらの会話を聞いてみることにした。ともに問題児だ。どういう展開になるのやら。

「聞いてくださいよ、先生。船長と国鉄幹部が協議しても何も結論が出ないんですよ。先生からガツンと言ってやってください」

悪行三昧の平田の登場に青ざめたボーイは、

「わ、分かりました。状況を確認してまいります。とにかくお部屋でお待ちください」。

とっさにその場をしのぎ、逃げるように立ち去った。

「フン。あんな奴、なんの役にも立たん」

そう言うと、村本は名刺を差し出し、またもやバカみたいに、ホラともとれる話を始めた。

「佐渡で会社経営をしております村本と申します。先生、佐渡汽船はどんなに大荒れのときだって出航しますよ。万が一、欠航した場合でも、そのときは漁師が船をこっそり出してくれて、ちゃんとお客様を運んでくれます……あ、こんなこと、よりによって国会議員の先生にバラしちゃいかんですね」

「いやいや、面白い話を聞かせていただきました。それより困りましたね。私も急いでいるもので……」

「だったら、先生。先生が船長室に乗り込んで、早く出せと言えばいい話じゃないですか」

「いや、さすがにそれは無理ですよ。国会議員といえどもそこまでの権限はありません」

「先生、国会議員の命令で、この船を動かしてくれとお願いしてるんじゃありません。だって船長と国鉄幹部が協議して、なお結論が出ないんですよ。先生が乗り込んでいって、怠慢だ。国会で問題にするぞ。と、言ってやればいいんです。脅しじゃありません。事実なんですから」

「は、はあ、そういうことですか。しかしですね、現実に台風がきているんですから。ここは慎重のうえにも慎重に。国鉄の判断を待つことにしましょう」

えっ、悪名高き平田が？　人って、自分と同類を見ると毒気を抜かれてしまうものなのか。よかった。こいつらが共闘組まなくて。

もっとも、村本のほうはこれであきらめるような男ではなかった。

この三〇分後、「もう、我慢ならん。降りる」。

そして、ボーイを突き飛ばし、ある一点を睨みながら進んでいった。

「困ります。欠航が決まるまでは下船できません」

ボーイは追いかけながら、村本が睨む目線の先に目をやった瞬間、「あっ」と声を上げた。

一人の男性客が重たい荷物を背負ったまま、船から数メートル下の桟橋に飛び降りている。いや、一人だけではない。既に数人が飛び降り、スタスタと去っていく姿が見える。担ぎ屋と呼ばれる者たちだった。背骨が折れんばかりにたくさんの荷物を背負って連絡船に乗り込んでくるその姿は、青函連絡船の風物詩と呼ばれ、夫婦で担ぎ屋というのもあった。

本州から持ち込まれる荷物はコメが主で、帰りの荷物は道産品であった。ただ、コメは正規ルートではなく、ヤミ米だ。高く売れ、寿司屋などに卸されたが、行政当局としては立場上、闇の取引を放置しておくことはできない。しばしば手入れを喰らい、摘発されれば罰金刑である。結構な収入を得ても罰金で相殺になる。儲けることのできない仕組みの商売であった。

だが、こんな職業に手を染めるのも極貧ゆえのことだ。そんな担ぎ屋たちに、私たちは大いに同情を寄せたものだ。切符切りの職員は見て見ぬふりで、運び屋たちは改札を素通りできた。

運賃を払っていないから、降りても損はない。出航が決まったら、またタダで乗せてもらえばいい。そう思っているのだろう。船のルールにも従わず、勝手に飛び降りていくとは全くけしからん連中だ。もちろん、そんな奴らばかりではないのだが。

「ほら、あの通りだ。下船してる奴らがいるじゃないか。この私にどれだけ無駄な時間を過ごさせるつもりだ」

ただ、村本は飛び降りたわけではなかった。なんと乗務員用に架けられたタラップを堂々と降りていったのである。

三等雑居室の乗客たちも呆気にとられるように村本の姿を見ていたが、すぐさま「俺も降りる」、「そこをどけっ」と騒ぎ出した。

「タラップは乗務員専用ですっ」

ボーイは叫ぶが、既に村本に使われてしまった以上、一等でも三等でも同じ乗客じゃないかとなれば、制御不能だ。結果、乗客名簿に名のない担ぎ屋のほか、記載のある六十人ほどが村本に続いた。

五時一五分。

改札口がにわかに騒がしくなった。青函連絡船への乗り継ぎ列車から降りたばかりの乗客の一部が、こちらに向かって走ってくる。

本来ならば、彼らは五時四〇分発の船に乗る予定だったが、洞爺丸の出航が遅れているとの情報を車内アナウンスで得ていたため、一本まえのこの船を目指して駆けているのだ。

アメリカ兵とその家族が移乗したせいで三等船室は定員オーバーの状態だったが、ほかは空きがあった。一等船室だってたったいま、お一人様がお降りになったばかりだ。どうぞ、どうぞ。

……ただ、彼らはなんで走るんだろう。乗れるのは早い者順じゃない。どれだけ空きができたかをこちらが確認したうえで、希望者が上回れば抽選になるのだ。まあ、それでも走るのが人の性ってもんかな。

そう、乗客が求めているのは、少しでも早くだ——台風が直撃するかもしれない状況で、現にテケミしているというのに、それでも一本でもまえ、少しでも早くということなんだよ。この乗客心理に応えることが船長の使命の一つなんだ。だから、早々に欠航なんて決められない。「欠航」じゃなく「決行」が「結構」な世界に住んでるんだよ、私は。

さてと、くだらんことを言ってる場合じゃないな。と、私は仕事の顔に戻ると、さっきの情報はなんなんだ。どこを見て言ってるんだ。と、舌打ちした。

情報とはもちろん台風ニュースのことだ。ＮＨＫによれば五時の時点で、台風は六時ぐらいに渡島半島西部に上陸するとのことだった。その後は北上を続けるか、更に西に逸れて日本海側を抜けていくか。どちらにしても進路を西に向けつつあるらしい。

そんなわけないだろう、私は空を見上げて笑った。

この十数分のうちに、激しい雨と船体を揺らす強風は嘘のように消え、晴れ間さえ見えてきている。

うんうん。と、うなずきながら、あの晴れ間こそ台風の目という奴だ。と、確信した。

台風が西に逸れているなら、この辺りは危険半円になる。風はますます吹き荒れ、雨もいっそう強まるはずだ。それがどうだ。私の読みどおりだ。台風は既に函館港を直撃していたんだ。だからこその、台風の目との出会いじゃないか。

六時ぐらいにおいでとは誤情報もはなはだしい。台風御一家（台風一過）は、もういってしまいましたよ。気が緩み、駄洒落が浮かぶ。

時刻を見た。五時三〇分だ。六時スタンバイ、六時三〇分出発。そう決めた。

そして、傍らのチーフオフィサー（一等航海士）に、「オールエンジンさ、スタートだあ」、「レッコーショアライン（縄を外して離岸する）」と、津軽弁のアクセントで告げた。

五　疑念

予報士たちは、台風の現在地を示す数値、つまり自分たちの分析結果と現実とのズレにつき、どう説明すべきか迷いを深めていた。

彼らもまた、台風の目を見ていた。津軽海峡の風速も一〇メートル。ずいぶんと落ち着いてきた。しかし、台風が渡島半島を襲うのは、これからであるはずなのだ。

洞爺丸出航の知らせは、予報士たちのもとにも入る。大丈夫なのか。と、緊張が走る。ただ、自分たちが何を進言したところで出航か否かの最終判断は船長が決めることだ。不安は拭えないが、仕方ない。ただ無事を祈るよりほかはなかった。

実際の天候状況は、どうであったか。――のちに明らかにされたことだが、上空で暖かい風と冷たい風とが広い範囲でぶつかり合うと、一時的に晴れ間が差すことがある。「台風の目」だと思ったのは、それだったのだ。

だが、猛スピードでやってきた異次元台風をまえに、その正体を見破ることが誰にできたというのか。誰も責めることはできない。

六時一五分。

出航準備は大急ぎで進んでいった。進駐軍のための寝台車も、今度は運び込まれた。積み込むのか。まあ仕方ない。時間があるからな。

洞爺丸は、広間から食堂、喫煙室、通路、二等雑居室に至るまで随所に天窓を設けて自然光採光が図られていた。船体最下部に位置する汽缶室（石炭燃料室）にも換気口や石炭積込口のほか、天窓があり、働く者はそこからも明かりを得ていた。

寝台車はこの汽缶室の真上に置かれるのだ。暗くなるのは慣れている。問題なのは換気のためにと窓を開けたあとだ。窓を閉めるときに面倒がって、鍵をかけないことがしばしばあった。その状態でもし浸水でもしたらどうなるか。寝台車の下に潜り込まないと鍵が閉められない。じつに困難を極める作業となるのだ。

それに雨風もなんだか急にまた強くなってきたような気がする。予報士たちが心配していたとおりだ。風速は二〇メートルを超え、最大瞬間風速は三〇メートルに達した。本来ならテケミにすべき状態である。

保守点検は大丈夫なんだろうか。いつもなら多少の不安もよぎるが、このときだけは、どうしたわけか違っていた。吹き返しは当然ある。そのくらいはどうってことない。と、なぜかそれ以上の認識を持たなかったのだ。より慎重になるべきところなのに……。

こんな天候での出航は止めて欲しい。いま、この船内には、そう願う者が確かにいる。欠航になることで給料が減るならともかく、そうでないなら、売店で働く者も汽缶室にいる者も、なんで、こんな日に危険を冒してまで出ていくんだと思うだろう。

けれども、いまのいままで激しく揺れる船内で出航を待っていた乗客たちに「降りろ」と言えるだろうか。

本国に早く帰りたいと願うアメリカ兵とその家族。重要な会議に出なければならないという国鉄幹部。いまは静かにしているが、どこで暴発するか分からない国会議員。こうした輩は、欠航となれば自分の使える権限をフル活用して船長を攻め立ててくるんだ。

いいや、それだけなら、いい。それだけじゃないんだ。青函連絡船が運休すれば物流業界は大打撃を受ける。金額は如何ほどだったか覚えちゃいないが、私は戦後の経済復興をも担う役割を任され、この船を動かしてきたんだ。だから、いったりきたりの人生にも誇りがあるんだ。

うん、いくしかない。……大丈夫だ。さあいくぞ。

六時二五分。

予定通り銅鑼の音を鳴らす。

出るか出ないかヤキモキしていた乗客たちも、これで一安心だろう。

船橋に立つ私の眼前では、石狩丸が大きく揺れ動かされていた。洞爺丸とほぼ同じ大きさの船だ。

目障りと言っては失礼だが、あれは困ったなあ。無理していって、ぶつけたら事だ。

「あれが接岸するまでは動けん」チーフオフィサー（一等航海士）らにそう指示した。

実際、接岸が危ぶまれるほどに、天候は秒単位で深刻化していった。係の者が必至で縄を投げるが、その度吹き飛ばされて岸壁まで届かない。石狩丸がようやく事を成し得たときには、予定時刻を一〇分ほど過ぎていた。

六時三九分。

窓を叩く雨音を聞きながら、私は宣した。

「レッコーショアライン（縄を外して離岸する）」

「レッコーショアライン」まず、サードオフィサー（三等航海士）が復唱する。

指令は船首、船尾へと伝わる。

「オールクリア」

ついに汽笛一声である。

「おーもーかじいっぱい」に、洞爺丸は、乗客も、それぞれの思いも満載して函館港を出港した。総員千三百十四人。名簿に名のある者だけでも、定員を二百人近くオーバーしていた。

だが……。

そのわずか五分後。

再び、けたたましく汽笛が鳴り始めた。

「なんだ」と、私も声を上げたが、すぐに察しはついた。

強風のせいだろう。汽笛を鳴らすために引っ張るロープが風にあおられ、装置が作動したんだ。こんな経験は初めてだ。――あれっ、そう言えばさっきまでの強い雨音はどうした。そうか、雨も風に吹き飛ばされてるのか。これは凄いことになってきた。

船が大きくぐらついた瞬間、私は迷わず宣した。

「投錨する（アンカーを降ろす）」

同時に辺りが暗くなった。またもや停電が起きたのだ。洞爺丸は防波堤を出たばかり。函館の夜景がじゅうぶん見える位置だが、街も真っ暗になっている。南からの風は、洞爺丸の横っ腹を直撃し、最大瞬間風速は四〇メートルに達した。風を流すため、船を縦方向にする必要があった。

七時一分。

洞爺丸は今度は「とーりーかじいっぱい」に向きを変え、最初に右舷の錨を降ろした。それがなんの音だか分らなくても、船のどの場所にいても聞こえる大きな音がした。続けて左舷を降ろすと、洞爺丸は動きを止めた。

投錨位置について山田セカンドオフィサー（二等航海士）から報告を受けた私は、それを海図に記すと、「さすがにこの風では無理だろう。改めて様子見しよう」と言った。

南からの風がおさまるのを待つしかないな。ん、南って。南南西からの風……？　私は血の気が引いていくのを感じた。

天気図と呼ばれた自分ほどの男が、風を読み間違えるなんて、そんな……そんなバカな。台風の目は、この眼ではっきり確認した。海も穏やかになった。吹き返しがあるのは当然と思っていたから、風が強まっても出航した。しかしなぜ、風向きに、いまのいままで気づかない。あり得ない。あり得ないことが、自分のなかで起きている。

台風が去ったのなら風は北西からだ。それが南南西から吹いてくる。でも、いつからだ？　いつから南南西の風が吹き始めたんだ？　いや、もちろん、最初からずっとだろう。そんなことは無意識のうちに分かっていたことだ。気づかなかったわけじゃない。テケミを決めたときから、風はずっと南南西だった。一時、和らぎはしたが、南南西からだったことに変わりはない。なのに、なんでそのことを問題視しなかったんだ。まずい。台風はやはりこれからなのか。

そして、思わず双眼鏡を覗いたんだ。それで台風が見えるわけじゃあるまいに。

六　誤解

だが、何がどうなろうと、私が狼狽えてはダメだ。船長の判断に誤りはない。みんなにそう思ってもらわねば——だったら、どうする。

うっすらとにじむ汗をひそかに拭いながら、タバコに火をつけた。

……そうだ。そうだよ。この風で汽笛までが誤作動したんだ。誰もあんな経験をしたことはないだろう。だったら、縄だって同じだ。接岸中、強風で切れてしまうことがたまにある。あのままいたら縄は切れ、何処かへ流されていた。そのほうがよっぽど危険だ。それに湾内はパニック気味だった。元凶はイタリア船だ。錨泊しようといい加減な場所に錨を降ろしたんだろう。走錨が始まり、周りの船は大迷惑だった。この風では避けることも容易じゃない。そう判断して私は湾内を出たんだ。

そうだ、そういうことにしよう。イタリア船はいま頃、桟橋に激突しているかもしれない。だから、いまこの場所で錨を降ろすことが、考えられ得る最善策なんだ。

私は自分を正当化してみせた。まずは自分が誰よりも落ち着いていなければならない。

しかし、困難は間髪を入れずに襲ってきた。

セカンドオフィサーの山田が血相を変えて、

「ふ、船が動き始めています。レーダーを見てください。後退を始めていますっ」と叫んだ。

洞爺丸と錨は二〇〇メートルの鎖でつながれている。もちろん「遊び」はあるから、多少動くことはある。

まあ、この風だ。パニックになるのも仕方ない。慌てるな山田。と、私は冷静を装って「微速で前進」（蹢躅《ちちゅう》走法）を指示した。

ところが微速などでは進めなかった。風は強烈に過ぎた。しかし、安易にはスピードを上げられない。船を縦方向に留めたのはいいが、それゆえ風は船体のあちこちに不規則に襲ってくる。スピードを上げたとき、突如、無風になる瞬間があったりでもしたら、船自らが鎖をぶち切ってしまう。……漂流？　転覆？

事態はかなり深刻だった。それだけに周りを動揺させてはいけない。と、私は「風は、いつどうくるか分からん。あらゆる状況に対応するぞ」と、落ち着いた声で言ったのだが、「イエッサー」の返事が誰からもない。

暴風は船内に轟音を響かせていた。声が届かないのだ。私は同じセリフを、今度は怒鳴るように言うしかなかった。

「イエッサー」今度は悲鳴に近い声が返ってきた。

そうか、そうだよな。幾ら私が平静を装ってみたところで、いまの状況がどれほどのものか理解できない者などいない。もっと正直になろう。私もみんなも焦って当然なんだ。

だったら、船長自ら必死になって頑張る姿を見せていこう。

だが、投錨から既に一時間、格闘むなしく洞爺丸はどんどん後退を続けていった。

もしや。

新たな不安がよぎった。私もイタリア船と同じことをしたのか。風が吹けば海底にも変化は起きる。これは漂砂のせいなのか?

砂が流され一箇所に溜まり、そこに錨を降ろして船を止めた気になっていたのか。そうかもしれない。

だったらどうする。錨泊は止めにして、風の向かってくる方向に走り出すか。少しでも衝撃を弱めてやらねば。と、考えたとき、洞爺丸の前方を横切っていく船が見えた。


八時一九分。

視界不良ではっきりしないが、おそらくは大雪丸であった。

「本船前方、港外に向かうのは貴船ですか」

「そうです。港外に向かって難航中」

「本船、同じく難航中。お互い頑張りましょう」

無線でのやりとりだった。

さて、どうするか。ここは大雪丸に習うべきなのか。

考えろ、考えるんだ。大雪丸は何処にいた。湾内にいたんだ。なぜ港外に出た？　イタリア船はあのままいけば大雪丸を横切り、湾内奥へと進んでいたはずだ……走錨？　イタリア船との衝突の危険というより、大雪丸自身が走錨し始めた結果、湾内に留まればどこかの壁にぶつかり船が破壊される可能性が出てきたんだ。

だから、危険を冒してでも港外に出た。何処いく当てもなく、風が止むまで走り続けるしかない。

そう、湾内でさえ錨泊に失敗したんだから、海の上でなんか、なお更上手くいかないと考えてしまうだろう。大雪丸には、ああする以外の選択肢がなかったんだ。

だから、真似してはダメだ。この風のなか、更に港外に突き進むのは一種の賭けだ。私には人の命を賭けることはできない。まだだ。まだ、ここを動いてはいけない。漂砂の上に錨を降ろしてしまったなんて、不安に駆られて、ついそんな気になってしまっただけのことだ。と、私は自分に言い聞かせてしまった。いや、逆だ——不安だったからこそ、そう強く自分を思い込ませたんだ。

愚かだった。なんで現実から逃避したんだろう。流されていたに決まってるじゃないか。だから錨を降ろしながらも「踟躕《ちちゅう》走法（微速前進）」をしてたんだ。

なぜこんなことになった。いまに至る原因は？

そう、私は確かに「台風の目」を見たんだ。

あれはなんだったんだ……。

七　勝手

はしゃいでいたアメリカ兵たちも、いつの間にか甲板から消えていた。部屋に戻ったのであろう。激しい波に洗われ、甲板はほとんど海の一部と化していた。

船尾も海水に襲われていた。

洞爺丸の船尾の貨車搬入口は防水性が弱いらしく、同じ構造の船である石狩丸は以前、浸水で難航を強いられたことがあった。

そうだった。しっかり思い出した。七年まえだ。船長が無理だというのに進駐軍が無理やり運行させせた、あんときだ。走錨と微速前進を繰り返し、なんとか悪天候をやり過ごすことに成功したんだ。だが、いまの状況はもっとひどい。

貨車搬入口を襲った海水が、貨車下の天窓から浸水した。真下の汽缶室は、故障が先か作業員たちの避難が先か、という状態になっていた。――やはり、天窓の鍵はかかっていなかった。

汽缶室が機能しない――エンジン停止は間近に迫っている。それは洞爺丸が漂流船になることを意味していた。

だとしたら。最新鋭の船がこれほどの危機に陥っているのであれば、旧式の船である第十一青函丸はどうなっているのだろう。アメリカ兵をこの船に移譲させはしたが、船荷は降ろさず、貨物船としての務めは遂行しようと海上で待機していたはずだ。船は下部が重ければ重い分、沈み、強風に耐える力は更に弱くなる。

私がこう考えたときには、第十一青函丸は既に沈没していた。おそらくは八時を少し回った頃、SOSを発することさえなく、瞬く間に海上から消えていた。沈没の目撃者はいたが、窓から偶然見ただけで、船名も分からず、またそれを海上保安部や運航指令室に伝える術も知らなかった。

沈没船まで出ていることを知らない海上保安部は、SOSを送ってきた船に対し小型救助船（ランチ）による救出を試みたが、どの船も危険を察し、すぐに戻ってきてしまった。第十一青函丸が沈没したのとほぼ同時刻、海上保安部は洞爺丸にも連絡を入れた。進駐軍の上陸用舟艇が二百人規模の部隊を乗せた状態でSOSを発信しているという。救済になんか向かえるはずがない。「こちらも強風のため自由を失い難航中」と返すしかなかった。

悲劇は海上だけではなかった。二六日午後八時一五分頃、岩内町のアパートの一室から発生した火災は、災害史に残る大規模火災となって、同町の家屋の八割、三千三百戸を焼失させた。台風が迫っていることに恐怖を感じた住民の一人が、火鉢の火を消さずに逃げ、それが飛び火し、フェーン現象を伴った猛烈な風で延焼、四〇人近い死者行方不明者を出したのだ。

この二六日に起きたIwanai-cho fire（岩内町大火）は、二八日になってから海外メディアのトップニュースとして報じられた。いまのように世界の片隅で起きた出来事が、たちまちニュースとなるという時代ではなかった。

それにしても勝手なもんだ。出航は止めにして欲しい。と、願っていた汽缶室の作業員たちが悪戦苦闘しているというのに……。

三等雑居室では多くの乗客が、「引き返せ」、「なんで出航したんだ」と騒いでいる。こうなることは一週間まえから分かっていただと。あ〜、あのしたり顔の大学生だ。例の国会議員はどうした。おいおい、よろつきながら船長室に向かってきてるよ。くるな、くるな。アメリカ兵はどうだ？　大声を出しちゃいるが、何を言ってるのか分からんことだけが救いだ。

そうだ。あの母親はどうした？　遺言をしのばせた女性は？　手を合わせているのは何処のおばあちゃんだろう。念仏なんか唱えて、たのむ、そんなこと止めてくれ。

あれは外国人の宣教師か。不安に泣く子どもたちの相手をしてくれている。ありがたいことだ。――生まれた国も、言葉も宗教も違うが、老若男女、この船に乗り合わせた人間は皆、同じ。客とか船員とか、身分が高いとか、貧しいとか、そんなこと関係ない。誰しも不安と恐怖を感じているに違いない。

なあ、なんでみんなこうなるんだ。悪天候なんだから、きょうは乗らない。いつもそうしてくれよ。乗船を止めた人だって現にいるんだ。そういう乗客ばかりなら、天気図と睨めっこしながら、わずかな可能性を見出すような努力なんてしない。

船長は、いつだって乗客の要望に応えなければならない。だから、出航したんだ。いま更引き返せ、は、ないだろう。

八　奮闘

九時二五分。

体じゅう、嫌な汗がまとわりつく。

私は運航指令室に報告した。

「エンジン停止間近。突風五五メートル」

あの洞爺丸が機能不全に陥る。五五メートルの風が吹いている。もう手の施しようがなかった。青函連絡船関係者の総員が未体験の恐怖に突入したのである。

SOS発信に応え救助船を向かわせることを検討していた海上保安部も、ミイラ取りがミイラになる指令を出せるはずがなく、ただ「頑張れ」と返信するしかなかった。

つまり、どの船も見放されたのである。

一〇時七分。

投錨から三時間が経った。人生で最も疲れ切った三時間は、人生で最も短い三時間のようにも感じられた。

そしてついに。

「主エンジン不良」

そう打電するときがきた。

事実上の、エンジン停止である。

汽缶室の作業員は最後まで持ち場を離れなかった。侵入する海水、四十度近い高温の室内で、真っ黒になりながら闘い続けた。エンジンが止まったら何もかもおしまいだ。そこで働く者たちにとって、これ以上の考えは及ばない。

左舷エンジンが止まり、ほどなくして右舷エンジンも止まった。それでも彼らは、機関長か誰かが引き上げを命じるまでそこに留まり、乗客の命を守ろうと石炭をくべ続けたのだ。

控室に戻った作業員たちの奮闘努力をねぎらおうと、塩むすびが届けられた。彼らはそれを泣きながら頬張った。エンジンが動かない。だから、これが人生最後の食事になる。涙が出ないわけがなかろう。

だが、それは違うぞ。

まだ終わりじゃない。船長にとっての最大の屈辱を選択すればいい。それだけの話だ。

私は双眼鏡を覗き、暗い海を見つめ海岸までの距離を測った。一キロメートルか、そんなところか。

レーダーを見ていたのは山田セカンドオフィサー（二等航海士）だった。確認のため問

うと、

「七重浜まで一二〇〇メートルです」。

一〇時一〇分。

私は決断した。

「風に身を任し、このまま七重浜に座礁する」

洞爺丸のような大きな船は座礁すれば、それで終わりだ。船を解体して資材や部品を再利用することはあっても、多くは打ち上げられたまま巨大ゴミと化す。建造に莫大なカネをかけた洞爺丸を座礁させた私は、青函連絡船の歴史に永遠に汚名を刻むことになるだろう。汚名――それで済むなら、いい。もうそれしかないのだ。

一〇時一二分。

私は七重浜に向かう洞爺丸を――いらぬプライドが邪魔をしたんだろうか――「漂流中」とだけ打電した。

まさか、この状況である。「座礁なんて許さん。国鉄の財産を守れ」とまでは言われまい。それでも、座礁を決断したこの期に及んでもなお、いま、この瞬間、座礁はあくまで制御不能の船が流された結果にしておきたかった。

まあ、あながち嘘ではない。エンジンは停止しているのだ。ただ、当てもなく彷徨っているわけではない。乗客の命を守るため、この船を浜まで運ぶ。それが私に与えられた使命なんだ。こういうのを名誉ある撤退とでも言うんだろうか。自然の猛威をまえにすれば、それも、仕方ない。

一〇時二〇分。

洞爺丸は正面からの風を受けながら後退を続けていた。

双眼鏡を覗く。まだ八〇〇メートルぐらい先だが、七重浜が見えてきた。

夏は海水浴場になる浜だ。船体に衝撃を与えるような岩はない。柔らかな砂に船尾から突っ込んで船を止める。それで総てが終わる。

ただ、そうなると、ここは当分ビーチとして使えないだろうなあ。来年の海水浴に間に合えばいいが。

来年かあ、そうそう、来年で私は定年だ。最後の最後に、こんな試練が待っていようとは。ああ、そうだ。いいこと思いついた。この船が撤去されてまた元の綺麗なビーチに戻ったら、遊びにこよう。若い人たちからは、「なんだ、あの年寄りは」なんて言われるかもしれないな。

絶対そうしよう。なんだか気持ちが和らいできた。そう言えば、風もずいぶん弱まってきているようだ。さっきまで一寸先は荒波だったのに、いまは七重浜がはっきり見えるじゃないか。

私は船の現在地と、風速一八メートル、最大瞬間風速二八メートルの三点につき打電した。

更に乗客に対しても船内放送で、「風もおさまってきました。乗客の皆様、もうしばらくご辛抱ください」と流すよう指示した。

終わりは近づいている。ああ、そう言えば、大雪丸はどうしたろう。あのまま進んで何処かの沖に流れ着くならいいが、いま頃、転覆しているかもしれない。どうなったろうか。

ああ、そうだ。更にいい考えが浮かんだ。これを最後にしよう。これが私のラストランだ。そうだ、決めた。絶対そうしよう。誰にも言えないが、きょうを私の記念日としよう。最後の最後、こんな体験をして船乗り人生を終える。——それも、悪くない。そして、綺麗になったこのビーチにくる。それも一度じゃない、煙草と酒と美味いものを持って、毎夏のようにくるんだ。そうして幸せな老後を過ごしてやろう。

いやいや、忘れてた。退職願はもう出してたんだっけ。引き留められたがな。その結果、いま、この船に乗ってるんだ、私は。……あんとき辞めときゃよかったんだ。そうすればこんな目に――いや、そんなこと思ってる場合じゃない。みんなを救うんだ。絶対に救うんだ。――そのとき、
ズシン、ズシン。

大きな響きが二回して、船体を右に傾けながら洞爺丸は止まった。

えっ、バカな。早い。七重浜はまだ先だろう、と思った。

しかし、ほかの航海士たちは「揚がりました」「よしよし、よく頑張った」の声を上げている。

誰もが心身ともに限界を超えていたのだ。早く楽になりたかった。だから私も、そうか、これが座礁というやつか。これで終わったんだ。と、自分を納得させた。

「二二時二六分、座礁せり」

この打電に対し、運航指令室からは「最後まで頑張ってください」との返事がきた。最新鋭貨客船の座礁に、どんなショックを受けるだろうかと考えていたが、こんな返事が返ってくるとは……。

ということは、そうだ、想像できる。ほかの船はもっとまずい状況になっているのだろう。沈まなかっただけよかった。そんなところかもしれない。

頑張ってくださいか……もう頑張るも何もない。船は動かないんだから。私の仕事は終わったんだ。

タバコでも吸うか。と、数歩歩いたとき、足がふらついた。疲労のせいもあるが、斜めに傾いている床に足をとられたのだ。

それでハッとなった。

いや、そうじゃない。何を言ってるんだ。こんなに傾いていては、安全に降りられるはずがない。救助を求めなければ。

となると、そのまえにこちらの準備も整えないと。まずは救命胴衣だ。

「救命胴衣だ。乗客乗務員、全員が着けるんだ。急げっ」

洞爺丸の座礁の知らせは、船内放送でも流されていた。船は砂の上。これで沈没はなくなった。乗客にも安堵が広がっていたのか、特に騒ぎ立てる者はいなかった。それにほとんどの乗客が船酔いで真っ青で、そんな気力もなかった。

救命胴衣が配られると、三等雑居室の乗客たちはそこに奪い合うように群がった。胴衣を着た者から順次、下船できるわけではない。ただ、早く脱出したい、という心理と命を守る本能がそうさせたのだろう。

ところが。

「大丈夫です。乗客の皆さま、全員分の胴衣はありますから」

ボーイはそう言って、収納ロッカーを開けようとした。

「あ、あれ、おかしいな」

開かない。

ボーイは仕方なく別のロッカーに手を伸ばした。しかし、そこも開かない。天窓の鍵だけではない。事故など起こらない、大丈夫だろうという慢心。あってはならないことだったが、保守点検の怠りは常態化していた。金属扉が錆びついていたのだ。

こうなると乗客たちもパニックになる。扉をこじ開けるための道具をボーイがとりにいっているあいだに、斧を手にした乗客が現れ、次々と扉を粉砕していった。

ロッカーは天井にあったから、ドサっと落ちた胴衣は船の傾きに従い、そのまま流される。乗客たちは這うようにして、それを追いかけた。

九　真実

一〇時四〇分。

救命胴衣が行き渡ったとの報告を受けた私は、今度は運航指令室専用ではなく、海上保安部や周辺の船も受信できる周波数を使って洞爺丸の座礁を公にした。

その二分後、運航指令室に対し、「ＳＯＳ」を発信したのである。

この瞬間まで私はこれで助かったと思っていた。そうやって自分を納得させていた。そうでなければ、皆に動揺を与えてしまう。船長として、それは避けたかった。そう、できることは総てやった。あとは風が止み、救助がくるのを待つばかりのはずだった。

だが……。

運航指令室にいたのは三人。その一人が川上だった。

川上はすぐに詳しい状況を知らせるよう打電してきた。わずかの間をおいて、海上保安部からも同じ問いがきた。彼らが詳細を知りたがるのは当然だった。こんなところに座礁するはずがない。

それは私だって同じだった。七重浜まではまだ相当な距離があったからだ。

川上は海図を見て、座礁地点が水深一〇メートル以上であることを確認していた。洞爺丸の形状からすれば水深五メートル前後でなければ座礁したくてもできない。座礁は思い違いだ。川上はそれを伝えるために状況確認を急いだのだ。

川上は正しかった。洞爺丸座礁の真実は、海底に溜まった漂砂に乗り上げただけだった。錨を降ろしたときと同じだ。漂砂にひっかけようが乗り上げようが、風が吹けばまた、砂は何処かにいってしまう。

だが、それが分かったところで、もうどうしようもない。自力でできることは、もう何もないんだ。ただ、救助を待つしかない。そのまえに、砂が動き始めたら……最悪の事態になる。

いや、そんなこと考えちゃダメだ。

私は、エンジンの効かなくなった船をここまで運び、意図的に座礁させ、乗客の命を守ったんじゃないか。そうだ。そうだろ。

風だってじきにおさまるだろう。そうすればランチ（救助船）が助けにくる。それに順次、乗客を乗せる。その姿をここから見送りながら、最後の最後に私が降りる。船長としての務めを果たし、船乗りとしてのラストを飾る。これが確実な未来だ。

だから、私は救命胴衣は着けない。乗客には万が一の備えをしてもらうが、私には必要ない。心配いらない。どうせ助かるんだから。

ほかの船はどうなった？

縄をくくりつけ岸に留った石狩丸は、けっきょく流された。縄なんか全部ブチ切れてしまったのだ。

第十一青函丸に続き、北見丸も、十勝丸も沈没した。どの船も貨車を積み込み、揃いも揃って天窓の鍵閉めを怠り、浸水でエンジンが停止した。この船のように上手く風に乗って何処かに座礁できればよかったが、錨を降ろしただけでは沈むしかない。

助かったのは大雪丸だ。風に船首を立てながらゆっくりゆっくり進み続け、木古内湾に逃れた。大雪丸のあとを追っていればよかったって？　そんなの結果論だろう。

十　沈没

こんなとき、旅客機の操縦士はどうするんだろう。戦闘機なら落下傘で一人脱出できるが、客がいてはそうはいかない。乗客たちに空の上から飛び降りろと言うわけにもいかんしな。

その点、ここは海の上だ。飛行機はもちろん、走る列車から飛び降りるよりもずっといいかもしれない。しかし、この風、この波。やはり、逃げるところはない。このまま待つしかない。

もう祈るしかないんだ。この船が座礁していることを。漂砂に乗っているだけだとしても、砂が動かないことを。たのむ、お願いだ。ほんとうに、たのむ。ああ、でも周りに気取られてはいけない。顔に出しちゃいけない。微かに唇の両端を上げた。張り付いた笑みのまま、ひたすら祈った。

しかし……

突如、ビーンという金属音がした。

切れたのか、抜けたのか、左舷の錨が砂から外れ、船は大きく右に傾き始めた。

祈りは無駄になった――この一、二分のあいだに自分に言い聞かせてきたことは、都合のいい願望に過ぎなかったことを悟った。

――こうなっては、どう考えても、もうダメだ。

身も心も絶望に硬直した瞬間、死への恐怖が体感となって襲ってきた。血管が額に浮き出してくる感覚。そこからドーンと打ちのめされた衝撃が体を走った。衝撃は左ふくらはぎに激痛を与え、左足親指と人差し指のあいだを抜けていった。

終わった。間に合わなかった。

何かにすがりつきたい。と、壊れるほど強く双眼鏡を握りしめた。

なんだか涙が出てきた。

最期に人ってどうするものなんだ。

ああ、ダメだ。ダメだ。震える手で、おそらく最後となるタバコ——死に瀕して吸う一本は、なんの皮肉か「新生《しんせい》」——に手を伸ばした。
一、二番がごっちゃになった唄を詰まりながら口ずさむ。
「♪荒波洗うデッキの上に／闇を貫く中佐の叫び／船は次第に波間に沈み／杉野は何処、杉野は……」

杉野？　いや、違う。そうだ。山田。

「山田はどうした」

「はい、キャプテン」

彼は傍らにいた。私同様、救命胴衣を着けていなかった。

「なぜ胴衣を着ない。早く着ろ」

「キャプテンと運命をともにします」

「何言ってんだ。おまえ、一歳の娘がいるんだろ。生きて帰らなきゃダメだ。絶対着ろ、早く着ろ」

これが私の発した最後の言葉だった。

恐怖を与え続けた乗客の皆さま。お詫びのしようがありません。出航しないと決断する勇気が私にはありませんでした。

傾いた船内では、ボーイたちが最後の最後まで乗客を落ち着かせようと、頑張ってくれた。船長から新たな指示がない以上、客席に留まるよう、それが最も安全だからと説得し続けた。ドア口に押し寄せる乗客たちを、なん度もなん度もなだめつつ押し返した。

それが犠牲者を増やしたとの指摘もある。しかし、ボーイたちは悪くない。彼らは座礁したという船内放送を、つまり私を信じてそうしたのだ。

しかし、それも限界を超えるときがきた。ボーイたちも不安だったのだ。詳しい情報を得ようと持ち場を離れたそのとき、制止する者のいなくなったドアから乗客たちはドッと逃げ始めた。

荒れる海、波しぶきに濡れた甲板、立っていられないほどの傾きに、多くの乗客が転倒した。投げ出された者もいる。その上を踏みしだき、あとからあとから乗客が細い通路にあふれた。

二二時五〇分。

運航指令室からランチ四隻（実際は五隻）が救助に向かったとの知らせが入った。

無線室の担当者は知らせを受けとったものの、既に返電できる状況にはなかった。それに五隻とも、荒波のため、けっきょく引き返すしかなかった。

この数分後。暗い海の波頭を逆さに見ながら、洞爺丸は沈没した。

十一　惨劇

救命胴衣には目印となるよう青く光るランプがついていた。夜光虫に例えるべきか、発光深海魚に例えるべきか。海に投げ出された乗客たちは、きらきら光る恐怖の光景を互いに見合っていた。見るしかなかった。目を瞑ることさえ許されない水圧だったのだ。

山田セカンドオフィサーは救命胴衣を身に着け、されるがままに身を任し、一瞬、海中で気を失った。そのとき、子どもが意識のなかに出てきて、ニコリとしてくれた。彼は目を覚ますと、必死にもがいて生還した。

そして、そのまま浜を抜け、一人でも多くの乗客を救おうと助けを求めに民家に向かい、駆け込むと、こう言った。

「い、家が揺れています。揺れを止めてください」

錯乱状態だった。だが山田。それは君だけじゃない。民家に駆け込んだ人のなかには、ストーブに抱き着いた者もいたぐらいだ。

山田。よかった。助かって、ほんとうによかった。最後まで私を支えてくれて、ありがとう。責任感の強い君のことだ、立派な船長になるだろう。君の船乗り人生は、まだあと三十年はあるんだ。頑張れよ。私のような思いをしなくて済むよう、航行判断は慎重にな。

トラックが見える。運転手が生存者を運び込んでいる。有難いことだ。あっ、あれは、そうだ、あのしたり顔した大学生だ。助かったんだな。友人はどうしたろう。君は学芸大の学生だったんだな。教師になるんだろ。教え子に、どうか語り続けて欲しい。極限の状態でも持ち場を離れなかったボーイたちの立派な対応を。必ず話してくれよ。

……あのトラックは偶然ここを通ったんだな。救援部隊はまだこないのか。ほかにも生きている乗客がいるんだ。誰でもいい、早く助けにきてくれ。

赤ちゃんを抱いた女性が波にもまれている。しっかり抱きしめたままだ。おい、彼女を捨てた新聞記者、死ぬなら、おまえだ。

内ポケットに遺書のあった女性も助からなかった。でも、彼女は身を投げてはいない。遺書が見つかったとき、どういう扱いにされるんだろう。

ん、船だ。洞爺丸の半分ぐらいの大きさの船がすぐ近くにいる。あれは第六真盛丸だ。エンジンが故障しなかったんだろうな。制御可能な状態でしっかり座礁できている。あれなら大丈夫だ。運航指令室ともきっちり連絡がとれるはずだ。早くＳＯＳを。と、そう思ったが、通信機材は故障していた。アンテナを張り直し打電できたのは、日が変わってから。午前〇時二分だった。

沈没したのは、洞爺丸、日高丸、十勝丸、北見丸、第十一青函丸の五隻。乗船していた人の九割、およそ千四百三十人が死亡した。海難史上、タイタニック号と並ぶ惨事であった。

翌日になると、女性と思しき遺体のまえで泣き崩れる男たちの姿があった。彼らは妻の遺体だと言い張ったが、ほんとうは保険金目的の芝居だった。

遺体の処理方法も、それは悲惨なものだった。何処の誰だが分からないまま、多くの遺体が七重浜に並べられ焼却処分にされた。

一〇月三日。

一週間が経った。海上自衛隊の掃海網にかかった一体の遺体、それが私だった。双眼鏡を左手に握ったまま、浜に寝かせられ、妻が見つけてくれるのを待っていた。

十二　判決

沈没から一年後の九月二二日。

海難審判の判決が出た。

可能な限り判決文に従ってまとめるとすれば、こんな感じである。

台風は、航海に直接危険を及ぼすものであるから、これに遭遇した船長は、船舶が法に定められた基準の構造及び設備等をしていても、特段の注意を要する。

設備の点において、洞爺丸は、車両輸送のため船尾に大開口を有し、車両甲板にも機械室及び汽缶室等に通ずる多数の諸開口を有して、その閉鎖装置は運航の実情から防水がじゅうぶんできない特殊な構造の船舶であった。

従って、台風15号が函館地方に来襲する旨の警報が気象官署から発せられ、定時出航を見合わせて待機している場合、船長は特段の注意を払い、台風の危険が過ぎ去ってから通常の航海に出航すべきであったのに、南々西二二ないし二五メートル、突風は三二メートルとなり、気圧低下のまま停滞して台風が通過し去ったとは認められない荒天下に、多数の旅客と車両を搭載して、青森に向け函館を出航したことは、運航に関する職務上の過失である。

洞爺丸が横転沈没するに至った直接の原因は、一、防波堤外に出航し、暴風及び高浪のため操船が困難となった、二、投錨して船位の保持に努力中、風浪による船体の激しい動揺に伴い、船尾の大開口から車両甲板に波浪が奔入した、三、甲板の諸開口から甲板下の機械室及び汽缶室等に多量の海水が浸入するのを防止することができなかった、四、そのため諸機関が相次いで運転不能となり操船の自由が全く奪われ、排水能力が極度に低下した、五、復原力を減少しつつ走錨しているうちに後部船底が底触した、六、風浪を側方より受けるようになり更に多量の海水が浸入し、遂に復元しなくなった、以上の六点である。

洞爺丸は安全法上の検査に合格しているが、そこには材料及び寸法につき一定の基準はなく、管海官庁が適当と認めるところによるものである。このことは航行区域に応じた適当な運航がなされることを前提として、その船舶の安全を保持できる最低限度の保証をしているに過ぎず、いかなる気象海象において運航しても安全であることを保証しているものではない。船舶使用者が使用の程度に応じて必要とされる安全度を保持すべきものである。

洞爺丸は、北海道と本州とを連絡する重要な航路で、その輸送要請は極めて強いものがあるため、一定のダイヤによって運航される。航海の危険が予想される荒天の場合も、一般船舶のように早期に避難せず、現実に航海が可能な限り運航を継続していた。

その際、過去において洞爺丸のような構造の船舶が車両甲板上に波浪が奔入するような海象に遭遇したこともあったのである。そのため、洞爺丸の構造は航路の運航の実情から適当なものでない、と言わねばならない。

しかし、青函連絡船の管理部門は、特殊な輸送態勢下に、特殊な構造の船舶を使用していたにもかかわらず、その特殊な事情に応じた安全運航に必要な措置をとらず、青函連絡船の安全運航は総て船長にゆだねればこと足りるとし、管理部門はこれに介入すべきでないとする見解をとっていた。

このような青函連絡船の管理機構及び方針は、長年に渡って行われてきた。台風15号の来襲に際しても、管理部門の要職者は出勤して自ら指揮することもなかった。警報が発せられ、連絡船の運航に危険が予想されて函館及び青森における総ての連絡船が定時出航を見合わせている状況を知りながら、台風の荒天下に出航せんとする洞爺丸船長になんらの援助協力も行わず、全く無関心の態度をもって臨んだのである。当直の輸送指令は、出航した本船が台風の荒天下に主機関及び発電機が止まりつつある旨の報告を受けながら、それが既に重大な事故の発生であることを認識できなかった。

避難者の報告によって初めて事故の重大さを認識し、救援の対策を講ずるに至ったのである。このように国鉄本庁及び青函局における連絡船の運航管理が適当でなかったことも、重大な海難を発生せしめるに至った一因をなすものである。以上。


この裁定に国鉄は不服を唱えるのだが、上級審でも判決は覆らなかった。

稀に見る強風による不可抗力という主張は通用せず、天災ではなく、人災だったと判断された。

そう、確かに、人災だろう。それでいい。だが、それは裁判所が言うのとは全く別の意味においてだ。

判決文には到底承服しかねる。

貨車を積み入れる船尾の大開口。洞爺丸は、その閉鎖装置の防水が荒天のときにはじゅうぶんできない特殊な構造の船舶であったとは、よくもまあ言ってくれる。

その部分は運航中だって海水面より高い位置にあるんだぞ。浸水の前例があったとしても、今回もたまたまそうなったというだけだ。我々は毎度、浸水の危険に怯えながら運航していたのか？　そんな船長いるもんか。

裁判所は、あくまで同じ作りの別の船では過去に浸水したことがあったんだから、事故を予見できなかったことは許されない。と、そう言いたいらしいが、洞爺丸の構造上の危険性が幾度も指摘されてきたのに、それでも構造を改善することなく運航を続けてきたという事実認定もなく、こんな結果でものを言うだけのいいかげんな判決文を、よくもまあ書いたもんだ。

同じ構造の大雪丸は助かってるじゃないか。問題は船の構造ではなく、船長の判断次第だったということだよ。しかし、裁判ってそうじゃないだろう。悪天候に際し、広く承認された走法と対処法を船長がとったのであれば、結果をもって法的責任を問うのはどうかしている。

いま思えば、大雪丸の入港に際して沖出しを要請されたとき応じていれば、多くの命が救われたかもしれない。しかし、あのとき、乗客たちは皆、出航を望んでいたんだ。それに降ろしたところで、けっきょく出航したのだから結果は同じだったろう。

だがしかし……そう、そうだ。弱い奴ほど、自分の権限をフルに活用するものだ。私もまた、如何なる悪天候にも勝てる船長としての功名心に駆られていたのだろうか。そのために船長という現場における絶対的な権限を利用してしまったのか。

あるいは……、そうだなあ。洞爺丸だったってこともあったかもしれない。私はもともと羊蹄丸の船長だった。あの日、たまたま休暇をとった杉田君（洞爺丸船長）に代わって私が動かしたんだ。最新鋭貨客船、青函連絡船の女王、なにかと美化される船を任されて出航できなかったでは、杉田君に笑われるとでも心の片隅で思ってしまったのかな。

勝手に下船した佐渡の村本は、乗船していた国鉄の幹部連中が、私に「船を出せ」と命じたと報道機関に語った。村本は、自分は船に詳しく、その経験値から危険を察して降りたのだと言いたい放題だった。

国鉄幹部も、私も、皆、死人に口なしだ。ならば村本は生き証人となるはずだが、彼の語りは新聞にこそ大々的にスクープされたが、判決には全く反映されなかった。

まあ、それでいい。事実と異なる証言なんだから。それで私の罪が軽減されていいはずがない。

進駐軍を乗せた船を出航させないとひどい目に合わされる。私に限らず、船長たちは皆、強迫観念に囚われていた。しかし、最終判断をしたのは私だ。台風の目を見て、これでいけると確信したんだ。

判決は青函連絡船の管理機構の責任も重かつ大、としているが、勘違いも甚だしい。それは今後に改善すべき課題だ。いま責任を問うのはどうかしている。現場では、運航指令室なんて、幹部といえども助言者に過ぎない存在なんだ。

船長にこそ、絶対的な権限がある。それが私たちのルールだ。逆に言えば、何か起きたとき、全責任を負ってこその船長なんだ。この判決は、私の誇りを傷つける陳腐な判決だ。異例の天候、国鉄の方針、経済復興、日米の力関係……、そして乗客の要望、いろんなものが出航決断の原因としてあった。直接的なものから、遠因まで。だが、それらをひっくるめて最終的に判断したのは、現場の絶対権力者、船長であるこの私だ。

そう、悪いのは総て私。

乗客の皆さま。お詫びのしようもないが、ほんとうに、ほんとうに、申し訳ありませんでした。

十三　天国

一九八八年、青函連絡船は幕を閉じた。

最後の船に乗るか。それとも最初の列車に乗るか。マニアたちは、さぞ悩んだことだろう。

洞爺丸が沈んだとき、この先も同様の事故は起こる、トンネルでも掘らない限り。と、地元の人たちから言われていた夢物語が実現したのだ。市民のあいだには、連絡船がなくなる寂しさより、トンネルができた高揚感のほうが完全に勝っているようだ。まあ当然だろう。

日本経済は異常なまでの好景気だ。そこにトンネルができ、列車が走るようになった。青森や函館の人々は、このトンネルは更なる経済成長と繁栄をもたらすと信じて疑わないだろう。

経済成長と繁栄？　そんなわけがない。時間が短縮されれば、乗客たちはますます先を急ぐようになる。これで青森も函館も通過点同然の駅になり、駅から出て街にカネを落とすこともなくなる。ちょっと考えてみれば分かることだ。それなのに好景気に浮かれ、こんな簡単なことにさえ気づかない。

繁栄とはほど遠く、駅前は寂れていくだろう。そして、駅前再生の名目で税金がつぎ込まれていく。容易には変えられない負の連鎖のような構図。

便利になることが人々の幸せにつながるとは限らない。青函連絡船のあった時代のほうがよかったんだよ。

そう言えば、山田。君は船長になったんだな。立派にその職を務めあげ、五年まえ、そう、青函トンネルが開通した年に定年退職したんだったな。

偶然とはいえ、それも運命だろう。そして、私たちにとって、きょうが本当のラストランだ。

夢と迷いと諦めと後悔、そして幸せ。海の上で過ごすことのできた人生。津軽海峡にささげた人生だったな。

山田。君はいま何を思う？

私は眠りにつくよ。私に代わって、生涯謝罪を続けてくれた妻と一緒に、これでやっと眠れるよ。

手向けるなら、線香ではなくタバコにしてくれ。

青函連絡船の最終便を見届けたいま、もうなんの未練もない。

おやすみなさい。

終わりに

可能な限り、事実に即したが、本書はあくまで物語である。故人の名誉にかかわるゆえ、この点は、はっきり断っておきたい。

また、本書は、加筆修正を受け実りあるものになった。その労をとってくれた吉野由紀氏に心より御礼申し上げる。ならびに出版事情の厳しいなか、本書を引き受けてくださった津軽書房に深く感謝申し上げる。

著者略歴
横山北斗（よこやま　ほくと）
1963年生まれ。東海大学大学院を修了後、青森県内の大学で政治学を教える。
現在は浅虫温泉病院理事長。
著書に『歳三の双眸』、『蒼空を翔る』等がある。

洞《とう》爺《や》丸《まる》追《つい》憶《おく》
二〇二三年一一月一〇日　発行
定価はカバーに表示しております
著　者　横山北斗
発行者　伊藤裕美子
発行所　津軽書房
〒〇三六―八三三二
青森県弘前市亀甲町七十五番地
電　話　〇一七二―三三―一四一二
FAX　〇一七二―三三―一七四八
印刷／ぷりんてぃあ第二
製本／エーヴィスシステムズ

ISBN978-4-8066-0257-6